British Notes

Stars Falling In Memory

英伦
手记：

British Notes
Stars Falling In Memory

落在记忆里的星星

杨晓光 著

中国海洋大学出版社
·青岛·

序　Preface

> 留学是在一个不同语言的国家里学习，
> 其实更多的是体验那里的生活和文化

在计算好学费、生活费以及可能会有的额外支出之后，你是否已经准备好将自己"放逐"到被另一种语言所包围的生活氛围之内？

你会想：你是否可以适应并接受这种文化？这种文化里的人对你的接纳度、包容度又是多少？

最重要的是，当你体验过了那里的生活之后，思想观念和生活方式将会产生怎样的变化？

你还可以回到从前熟悉的生活轨道吗？还是一生都会有两种不同

的思想、价值观在互相冲突？如何平衡、调整，以便融汇贯通两种不同的文化，使留学的丰富经历更好地为以后的生活和工作服务？

如果要选择一个国家留学，我不会问你想去哪里，因为无论去哪里，都是离开。在离开之前，希望你已经仔细思考过了以上几个问题。离开的那一刻，已经无法回头了。那是生活为你敞开了另一扇大门。你已经准备好走进去了吗？

如何在另一种文化里更好地生存？可以从语言、住宿、学习、休闲（了解当地文化以及调整身心以便于更好地学习、生活）和情感（或说人情）这几个方面去调节。这几个方面也是我们在另一个国家里生存的支柱，任何一个方面出了问题，都会影响生活的平衡感，因为它们构成了一个综合的系统。希望我的经历，可以为你提供值得借鉴的经验，也为你打开一扇审视留学生活的窗户。

目录 **Contents**

01

语言的重要性

在国内，你无论如何都想象不到语言在国外的至关重要性。当自己来到一个陌生国度，语言是我们最可靠且必不可缺的朋友。离家的不舍、不同文化冲击带来的挫折，可以、似乎也只能用语言足够好来冲淡、缓解——

曼城午夜的钟表，啼咳嗬咳问我，你哭够了没有？

再次揉揉眼睛，想确认一下此刻的心情。

自己到了哪里，从青岛到北京到曼城。

二十多个小时的航程，眼泪早已积蓄进了心底。

不舍、孤单、彷徨。

一切只是刚刚启航。

然后我到了这里。

对于你，英伦，了解只限于过去的"华兹华斯们"而已。

但这里已不再有雾都孤儿的流浪，不再有理智与情感的碰撞。

也失去了拜伦的华丽伪装，是否依然还有济慈的忧伤。

午夜，我被留在机场。

答应前来接机的司机依然没有登场。

而我在这里的戏剧人生已帷幕初张，想来多半也会是悲喜剧收场。

打电话给约好的出租车公司，表达清楚我的意思或许只意味着对方的听力够好，而我的口语简直够呛。

委婉要求对方一讲再讲。

正想栖身于偌大的机场，明日天亮再寻前进方向。

司机此刻救命一样打来电话，"你在哪里"？

要说明所在的位置，感觉彼此讲了也是白讲。

他是一个荷兰学长，在出租车公司兼职，首次登场就遇到接送学校新生。

我们都不熟悉曼城机场，该有多难找到对方。

他于机场外某处等待多时，才想起打来电话。

荷兰？英国？荷兰人？英国人？

我不理解你们的处事方式是否一样。

出租车公司单方面提供联系方式，一等再等，司机才赶来救场。

终于，我们看到了对方。

那一瞬，无法描述心中所想。

02

英国初印象

去任何一个国家留学都不要依赖想象，去那里之前，我们要尽可能多收集各方面的生活讯息。英国有给小费的习惯，一两镑或许稍显寒酸，三镑起不失妥当——

给了荷兰学长小费五镑，发现旁边的学校警卫已然登场。

心里难免有些紧张，待行李被送进宿舍，没有小费又会怎样。

警卫一高一矮，石头般的行李被你们大手一扬，毫不费力拎进了宿舍。

你们毫不介意我已无小费可付，这样的帮忙却让人有些介怀。

英国的模样此时不免荒凉，回想起刚才飞机上看到的英国土地。

一片片大块的方整绿色，似乎预示着这里并非那个想象中的发达国家、时尚帝国，而只是个美丽乡村。

还有个把小时前离开的曼城机场。一路城内寂寂，灯光依稀。没有国内的午夜霓虹飞扬。

后排的自己眼皮磕磕绊绊，意欲奔赴梦乡。

强撑睡意，确定眼前光景并非突发奇想。

大不列颠本质秉承一派寂寞，只是从前不熟稔于我。

英国英国，谁愿认真解读你的忧郁落寞。

夜里的风儿告诉我，勃朗特三姐妹荒原上小教堂旁的家依然还在。

岑寂的呼啸山庄依然在几世纪后你的怀抱中摇摆。

03

我的英国室友们

体验英国文化先从接触英国人的饮酒文化开始，很多中国学生去那里培养出了喝酒的习惯。英国人自己坦言，大学期间尤其第一年，很多人肆意饮酒，而工作后又迫于生活压力，变成了只有周末小酌的"好好先生"。经济危机之后，为维持经营，很多英国酒馆开始兼卖主食。为了方便客人娱乐，酒馆也会摆设台球桌和播放足球赛。英国的酒文化从我的室友身上可以窥豹一斑，就由这里开始细细道来——

从曼城机场到普雷斯顿车费五十镑，又给了司机小费五镑。

听上去不大的数字，却眼睁睁看它折磨着生活账单。

警卫离开，留下我在宿舍厨房。

嘿，我是你们最后一位到场的室友。

似乎有双手想推搡我坐到偌大的石板面桌旁。

谁知以后这里是否会成为我们彼此文化碰撞的"战场"？

"嘿，我们等你好久了，你知道吗？"

说话的是五个英国人中的高个子女孩儿，此时手里正握着一罐啤酒。

看着你们的脸，拼命想从冷淡的语调里读出几分名副其实的期待。

最后却从背包里掏出几份伴手礼。

Clair，Holy，一个高挑漂亮，一个矮胖可爱。

Rob，Andy，Cory，两个帅气，一个淘气。

Cory说，"谢谢你送我们一真一假，我们的木质书签是真，她们的手机钻石吊饰是假"。

又说，"无论如何，希望我们相处愉快"。

告别厨房，我松了口气。

第一次站在有些凉意的卧室，开始拼命搜索极度渴求的归属感。

然后，我确定，这里安全，却没有家的温暖。

04

普雷斯顿

英国有很多大学城，普雷斯顿是其中一座，中央兰开夏（UCLan）是大学名称。地方不大，规模只够囊括青岛的几条主要街道。只靠走路几乎就可以丈量那里的大部分"土地"，当然也有公交车（车费两镑左右）和出租车带我们去较远的地方。英国的地域分类不像中国，这里很多城市叫作城镇（town），也只有中国的乡镇规模。从普雷斯顿坐火车出去，沿途经过Bolton和其他几个小镇以及Lancaster（兰开夏郡的郡首城市，类似于中国的省会，这里依然很小），直到曼彻斯特（也叫"曼城"）才算是抵达了一个类似于中国城市规模的地方。印象中，英国可以真正算作城市的地方有伦敦、曼城、利兹、利物浦、约克、爱丁堡之类，其他地方更像是中国人理解的城镇规模。对于普雷斯顿的中国人来说，要想达到国内逛吃逛吃的娱乐消费程度，可能就要坐大概一小时火车去曼城。普雷斯顿只有零星几家火锅店和两家卡拉ok，但有不少散落在小镇街角的品质上乘的西餐厅。那里大牌美容店、服饰店不多，但有很多当地品牌，比如英国超好用的"土特产"The Body Shop、Lush以及非常"欧风"的River Island、Next、New Look等，衣服似乎永远主打各种豹纹款、军绿色外套和颜色繁多的legging。还有，所有商场都会在下午六点前打烊——

普雷斯顿有许多温馨、充满暖意的小小书店、咖啡店、二手衣店和古董商店。

中、西餐馆齐全，酒吧铺满街道，TESCO、ASDA、M&S超市将人们的生活照顾周全，另外还有几个中小规模的购物商场。

其实，在这里，你不会对生活有更多抱怨。

更何况，这里有座天然宝藏。

自然保护区Avenham and Miller Park，它就像普雷斯顿的"心脏"。

如果你仔细问起对普雷斯顿的印象，我或许还会对你讲讲那里的尖顶教堂。

谈谈味蕾中经常残留着的Greggs香肠卷。

经常取钱的市中心ATM近旁有家不大的手工作坊。

在那里可以买到各种扁平珍珠制作的复古首饰，当作礼物送给自己的熟识。

在Vintage咖啡店读一会儿刚买来的小说，合上书页夹起店里的咖啡浓香，顺便去探望花园里的几只松鼠。

说不定还能看到一位裹着素雅头巾，穿着浅色风衣、旧皮鞋的银发老太太正跟它们闲话日常。

不知不觉，就逛到了普雷斯顿的"心脏"。

05

普雷斯顿的自然保护区

英国很多城镇被大片绿意覆盖，虽然朋友说这里的很多森林也只是次森林。山丘、小森林、河流、追逐嬉戏的松鼠和悠然散步的牛羊经常是眼前景色的基本配置。而有一个地方在英国城镇的自然保护区里相当出众——

Avenham and Miller Park 是普雷斯顿的"心脏"，值得每个来过此处的人放在心上。

虽已不记得初次来此时自己的模样。

但每次来这里，都有同样的欣喜，却可写下新的诗章。

几世纪前的拱桥在阴暗的树林里岑寂，古树脚下沼泽般的泥潭散发着神秘气息。

置身于此，你几乎没办法怀疑哈利·波特的魔法，一切似乎都昭示出精灵栖息。

这里是片天然宝藏，也是普雷斯顿鲜活跳动的"心脏"。

它保存着这个古老小镇最深处的秘密。如果你也曾走过那条树的隧道，几百年来伸展着的枝叶会不断向你低语。

迷雾般的轻烟会将你灌醉，恐惧与欣喜同样清冽。

别忘了这个神秘的地方。无论有一天你去了哪里，它在你心上永远是宝藏。

它既有树林里阴沉的乖张，也充斥着阳光下河水闪耀的明亮。

它似乎永远都会是普雷斯顿的"心脏"。

曾怀揣鹿的惊恐在树的隧道里穿越，风中似乎回响着精灵的耳语。

我不会对你说出它的秘密，要知晓除非你也到达这里。

06

开始写论文了

关于学习，是写论文，又不仅仅是写论文。如何解释在国外的学习过程？简单来说，就是不断地写各种大小论文，中间夹杂实践以及课堂报告。在写论文的过程中，我们学会的是如何搜集、组织材料以及掌握、应用各种研究方法，这对我们毕业后的工作大有裨益，且极大地提高了观察事物和分析问题的能力。要想写好论文，有一个诀窍——抱紧图书馆，几乎每个大学的图书馆都藏书丰富、分类清晰且便于查找。最后，写论文的过程其实也拓展了视野，虽然这个过程有些折磨——

每周两次去"探视"普雷斯顿的"心脏"，看它是否别来无恙，其实论文才是真的日常。

两千字是小意思，三五千字，上万字也算正常。

此外还有大小测试、课堂报告以及几个考试。

每次导师论文一布置，马上进入"战斗"模式。

第一，先到图书馆抢借资料，否则，论文上交截止日期内能否等到其他人用完还书再借，实在难以预料。

第二，开启"火箭"模式迅速浏览目录、"火眼金睛"翻阅有用章节，选择所需内容马上咀嚼吸收消化，理解基础上继承为自家思想，且开疆辟土不断升华发扬。

第三，论文后的参考文献必须饱满周详，不仅这样，每篇论文上交前需提交系统自动查验"相似模样"，"相似度"超标自动打回重做，为免抄袭，必须费此周章。

完成以上几个步骤，论文方可上呈导师过目，怀揣忐忑等待结果，分数决定了咱们是否进步。

出国留学的孩子成绩两极分化严重，有些分化并非某些人生来"家里有钱"导致

"懒惰"使然。

盯住每篇论文结果就是跟紧了前进脚步，打个哈欠的功夫都有可能延缓后续进度。

前进总是一步一步，倒退可能只是接连失去了前后几步。

你可以偶尔休息、逛街，看电影或去树林里做个深呼吸，但只有跟紧每篇论文脚步才可"生生不息"。

导师的指导方向领会"无恙"，这是论文的首个最大保障，接下来，就是不断的读读读写写写忙忙忙，很多人就这样直到天亮。

07

文化差异

中国学生与英国学生真的有很大"文化差异",有些差异想凭主观抹煞、拉近简直不可思议,唯一的出路只有"躲避"。根据我跟中国学生之间的交流以及去学校后勤部换宿舍时获得的资讯,佐以学校英国老师们的介绍,我的经历并非个案而是普遍现象。虽然学校一开始将各国学生安排住在一套宿舍里的初衷,是希望可以促进文化交流,增进了解,缩小彼此间的差异。但事实证明,在一个高压学习状态下,让中国学生与其他国家学生"打成一片"的设想,是不现实并且很荒谬、可怕的,除非大家的课程松紧程度一样——

最可怕的还是考试,master课程开始之前要先过C1语言考试。

几个室友吃喝玩乐,夜夜泡吧,大有日子黑白颠倒之势。

这样的生活,就算我跟他们一样,仍是大学一年级学生也绝不想试试。

事实是,这里的硕士与本科学习辛苦程度大有相南北径庭之势。

于是开始了考试与室友噪音双重折磨的苦日子。

每日下午放学,推开居住的那套学生公寓大门,只见几个室友穿着睡衣、便服,围坐厨房石桌前已摆好了每日小酌之姿。

待我关好房门,室友几杯酒下肚,Holy和Cory已开始和着Andy的吉他声拍桌子,而Clair正在搔首弄姿。

最可怕的是,他们的歌声、笑声越演越烈,最后从厨房一跃而出,在走廊打闹嬉戏活像一群疯戏子。

Rob撞我的房门,Andy大声喊着不好意思。

打开房门,看见Holy痴笑着,Clair扯着自己的裙子。

几个人晃来晃去,晃来晃去。我冲他们大喊"Can you be quiet please"?

他们理解我的意思，却被酒精吞没了意志。

午夜招来的计程车，载着浓妆艳抹的女孩和同样轻佻的男孩子。

下半夜，我写好论文、关闭电脑，伸个懒腰洗漱入睡，却被突如其来的声音吓得惊跳起来。

朦胧中看看钟表，狂欢回来的他们余兴未了，重新在走廊里开始了一轮蹦跳。

有次忍无可忍去隔壁宿舍砸门，几个男男女女正挤在单人床上拉扯同一条被子。

Can you be quiet please? 你们是否已对这样的句子免疫？

被人瞥见不堪一幕，是否可以唤醒你们的良知？

学校告知，要想换宿舍，还得等些日子。

那么，谁可以告诉我，考试是否也能因此拖延些日子？

要想半夜从图书馆走回宿舍，任凭谁都没那个胆子。

08

换宿舍

去留学，住宿是个容易忽略的方面，但其实安静的住宿是实现在那里正常生活并取得好成绩的重中之重。要想跟英国室友"和平"相处是个学问，除非你也处于大学本科阶段，学业没那么紧张，否则不要幼稚地以为他们也会如你一般发奋学习。英国大学课程的第一年，对很多人来说，就是在酒精的浸泡中浑浑噩噩度过——

那时读研究生课程的我，想换宿舍要等许多的煎熬日子，可真算是当时"活命"的头等大事。

先去学校后勤部登记，然后无尽等待，发现其实很多中国学生都在过被室友噪音折磨的苦生活。

上课时，老师问，为何状态不佳？我原原本本说了实情，并未掺假。

老师说，这种情况下你也能考出九十多个点的成绩，可想而知多不容易。

Louis接口，"我的室友也没好到哪里，天天夜里在宿舍不戴耳机爆打游戏"。

Osk说，"咱俩室友真有得一拼，人家最喜欢看恐怖片半夜惊声尖叫"。

老师摇摇头，没说这是文化差异。

明明素质问题，甚至可以上升到人道主义。

为保证学习，你们合租或至少找到中国室友，老师的建议大有道理。

英国学生宿舍的板子墙隔音太差，你们可以去外面找找看，studio也行。

后来我的居住条件不断升级，从普通学生宿舍单间到有独立卫生间的ensuite再到Croft House有独立厨卫的studio，这都得感谢我的好邻居才行。

他们"培养"出了我的神经衰弱，却没能使我最终攻克环境难题披荆斩棘。

我在英国学会了很多很多，它留给我的是一生深刻的记忆。

09
我的"港湾"

　　英国的学生宿舍基本可分为flat（有自己的卧室，但需要跟几个室友合用厨卫）、ensuite（有自己的卧室和卫生间）以及 studio（除了自己的卧室和卫生间，还带有一个自己独用的开放式简易厨房）。Croft House就是一个名副其实的studio，简单、舒适，生活所需齐全，最主要的是相对安静，当然价格也最高。那时房价几乎不会低于100镑每周——

　　亲爱的"家一般的避风港"Croft House，太想知道你是否别来无恙。
　　那株高大的樱花树随风起舞，美丽的枝叶饱蘸岁月芳华，几乎挤进窗户。
　　窗前的树影花风，依然常在梦里召唤，你所拥有的一切美好依然婆娑。
　　墙外的火车穿梭而过，但不会带着酒精的破坏力向人撒泼。
　　许多年后，墙头枝桠上的松鼠是否仍在觅食玩耍追逐蹦跳？
　　想念你们的眼泪仍然很多。
　　阳光像位惜足访客，光临的日子很难捕获。
　　普雷斯顿是个典型的英国小镇，阴雨天日子居多，何况我的住所背阳坐落。
　　但我仍然爱我在这里的"小窝"。
　　既长且宽的沙发只我一个，queen size的床铺一半请书本来"坐"，床前还有我心爱的书桌。
　　这里虽然没有渴望的几排书架，却有许多格的冰箱供我将超市的培根、鸡蛋、蔬菜、水果买回家。
　　还有一个自己的电子炉灶，与清洁的洗手台、暖烘烘的烤箱、面包机"毗邻而居"。
　　虽然卫生间挂满几经熨烫过的湿衣服仍不易晾干。
　　我依然不讨厌这里的雨天，房子里的阴暗，因这里的安静太珍贵，终于属于自己。

10

英国文化和英国人的生活习惯

撇开生活中的消极因素，英国文化里也有许多积极、值得借鉴的方面。但除了消极、积极，也会有让人觉得"奇葩"的地方。要想真正了解英国以及英国人，酒吧绝对值得你去看一看——

英国人喜欢与别人保持一米的距离。

这是出于礼貌也出于安全考量。

火车、公车上，商场里走路、交谈时都是这样。

走在弄堂小路上，如果你与他们相向而过，即使两个人并排走并不相扰的距离，他们也会主动相让，礼貌地闪身一旁等你先行。

乘坐公共交通工具下车时，即使已经列成一队，后面的人也会主动给前排起身的乘客让出排队空间。

他们的笑脸，会让你觉得不好意思，同时心里也会有很多暖意。

时间久了，无论出于安全或是礼貌，你也会变得像他们一样。

慢慢地你也接受了，人与人之间还是应该保持一点距离。

走进商店，店主或服务员会先向你微笑致意。

如果两个人心情不错，接下来会有一番关于天气怎样的寒暄。

有次在湖区坐公交车，遇到一位坐在前排座位的英国老太太。

下车前她蹒跚着向我走来，说，"亲爱的，刚才你问司机哪站下车时，应该说bus stop而不是bus station，这两者有些差别"。

我连忙道谢，不由得心生感激。

英国人喜欢与别人保持一米距离，这并非冷漠生疏，而是给你一个让你也感到安

心的距离。

他们在心里关注着周遭的每一个人，所以他们既客气又礼貌，却并非待人冷淡疏离。

当我开始觉得自己有一点了解英国和英国人了，他们又会给我一点出乎意外。

英国的商店下午五点多打烊，夸张的是，有些城镇里电影院也会挑日子，例如周一、三、五才会开门。

下班后似乎唯一能去的休闲、娱乐场所就是酒馆。

那里的人们脸色红润，举着酒杯大声谈笑，偶尔会脸露羞涩，手握成拳，遮住嘴，偷偷打个酒嗝。

英国文化里是不允许当众打嗝的，想打嗝只能生生吞下去，否则在他们看来简直大逆不道。

见识过他们在酒馆里欢声笑语的模样，转去咖啡馆时，觉得他们应该会轻声细语以配合氛围之别。

但我惊讶地发现，他们在那里依然高声大气地聊天举杯，完全不顾其他人正在隔壁桌读着小说。

有时真想看看是不是他们的咖啡里也掺入了很多苏格兰威士忌，以致于让他们完全混淆了酒馆与咖啡店之间完全不同的氛围。

11

英国人的做事方式（1）

英国的生活节奏很快？英国人做事雷厉风行、很有效率？或许在英国不同地方也会有地区差异，但我眼里看到的英国和英国人嘛，给你一个微笑，可以慢慢体会。至于英国人是否如传说中的那般冷漠？又是否礼貌且具有绅士风度？除了有种族歧视的人态度怪诞，大多数英国人对待外国人态度比较友善，喜欢主动跟你打招呼并聊聊天。至于绅士风度，这种宝贵的品质就像攀登山峰时所呼吸到的空气，在年纪稍长的人群中多有体会，但年轻人里已开始渐趋稀薄——

如果你问我，英国人是什么样的？

想一想，那我就按照时间顺序举例来说。

刚到英国时，爸爸从国内给我邮寄了一箱东西。

箱子到了英国，却突然失去了踪迹。

没办法，我只能跑到普雷斯顿当地邮局查看投递。

办事员一脸茫然说，"没有你的快递"。

我着急说，"你查查电脑啊，都没看你怎会知道"？

他答，"真的真的，我们没你的快递"。

后来，他无奈地去后面的储藏室转了一圈。

我说，"你不用去网上查查吗？中国的EMS从来不会跑丢的，你们怎么硬说没有信息。你们都是怎么办事的，居然说网上没有记录信息"。

后来走过来一位女士，看起来像是他的上司。

问明情况，她回转身又去储藏间走了一趟。

回来时手上拎着的分明就是我的快递。

之后有一次，我坐火车去曼城逛街。

去时车票被列车员忽略了没记。

隔天周日我心血来潮想再逛一次曼城，顺便试试看这张车票是否仍然有效。

我礼貌地问售票员，"你好，昨天我去曼城的单程车票没人查验。所以没打孔，现在它依然完美无缺。这不是我的错，所以你认为今天我可以再次使用它吗？我就只想问问"。

售票员礼貌地笑笑说，"你不妨试试啊，谢谢你来询问"。

后来我使用了这张车票，并在列车员检票时讲明了原委。

他说，知道这是再次使用，为什么还问？

我说，它没打孔验票是你们的工作失误。

列车员想了想说，"也对，好吧，那我就算你半价"。

我点头，这趟短途车费可以如此成交。

还有一回，坐公交下车时看到一对母女。

孩子三四岁年纪，摇摆着下车。

妈妈没扶她，却要她跟大家一样跟司机说"谢谢"。

孩子不想说，瘪着嘴一脸委屈。

就这样，身后乘客与司机和这位母亲一起"停"在原地耐心等待。

直到她的孩子学会人生中的重要一课，学会道谢感恩。

12

英国人的做事方式（2）

最后回国的那次，我的行李再次超重。

两个最大码箱子和一个小码行李箱，再加我的电脑包和手中的一个大袋子。

我摇摇晃晃，心里恐慌，惦记着刚恢复了一些的腰伤。

出租车司机、火车站乘客都曾施援手帮忙。

有位英国老奶奶走远了，还连连回头看着我说，"Oh my dear，good luck"。

时值圣诞假期，很多飞机也放假，航班停歇。

我留在曼城机场附近的宾馆里过夜。

过马路时，来来回回一连走了几趟，才将所有行李"渡"过马路。

好多次看到经过的车子里，司机频频竖起大拇指似在夸奖。

心里洋洋得意，激发起了更多勇气。

后知后觉，才发现人家是在问我，你到底要不要搭便车？

因为拘谨，他们会小心翼翼地对你露出微笑，看起来没那么热情甚至会让你觉得有一点冷漠。

但他们对周围人的关心时时刻刻都在，他们的每声道谢和每次"援手"都体现着温暖。

在英国几乎每件事都要预约：看医生、见导师，甚至理发。

朋友们都有相似遭遇、同样体会。

路过理发店，看见店员们在里面聊天，走进去向他们表明，想剪一下头发。

他们礼貌回应，请问，预约了吗？

我说，"没预约，但你们现在不是刚好有空"？

他们说，"那你也得先预约啊，每个人都是这样"。

叹口气回想起某个英国老师给我们看的视频。

有个孕妇被丈夫搀扶着站在医院问询处与工作人员"周旋"。

丈夫说，"她快生了，你得马上给她找个大夫"。

问询处工作人员礼貌回应，"请问，你预约了吗"？

然后孩子几乎就在两人关于"没预约不行""那现在预约行不行"的对话之间降生。

英国人拿自己的"呆板"开玩笑也绝不会感到不舒服。

面对外国人的取笑他们也会一笑置之，然后依然我行我素。

你了解英国吗？如果你问我。

我也许会摇摇头，谁也不能保证他们都是按常理出牌。

13

英国的食物

　　在英国吃并不是一个大的问题，虽然大不列颠在世界上算是一个黑料理国家。英国除了著名的炸鱼薯条，最典型的食物就是肉类加水煮蔬菜组成的拼盘，调味就靠名目颇多装在塑料瓶里的各种sauce。如果你吃不惯当地料理，完全可以去开在英国各地的中国餐馆。你也可以去印度人开的超市，买只有自己想不到、没有买不到的各式调料，拎着在普通大超市就能买到的大米、橄榄油和青菜回家开火煮饭。虽然在吃的方面对留学生来说没有障碍　但我关于吃的经验仍然简单得几乎一片空白。唯一的特别经历是关于那里的甜食，其实怕你们一不小心也会犯跟我同样的错误——

　　英国超市的牛奶分全脂、半脂和脱脂，用不同颜色盖子的瓶子装着。

　　牛奶瓶子上会标注饮用日期，哪怕过期一天，牛奶也像接到通知一样坏掉。

　　一开始去了那里先跟牛奶打过交道，它们的"性格脾气"我一概知道。

　　全脂、脱脂的偶尔尝试，但每日生活还是以半脂为主。

　　浓厚醇香是其基本品格，说每次喝过后都唇齿留香，是否有些夸张？

　　每次坐火车出站不到五分钟，就会看到草地上散步的肥壮牛羊。

　　品尝过牛奶的香甜味道，不知不觉间开始慢慢向超市里加入牛奶制作的糖果和蛋糕们靠拢。

　　心想着，看看，我就只是看看，这些包装盒子多么漂亮！

　　后来每次靠近它们，似乎总听到糖果们向我喃喃低语。

　　你不尝尝么，哪怕买块黑巧克力，总不至于发胖。

　　又没让你买草莓、香草和薄荷味儿的，或者那些里面夹着榛子酱与大颗果仁儿的。

　　终于有一天，我买了第一个美丽可爱、向往已久的纸杯蛋糕。

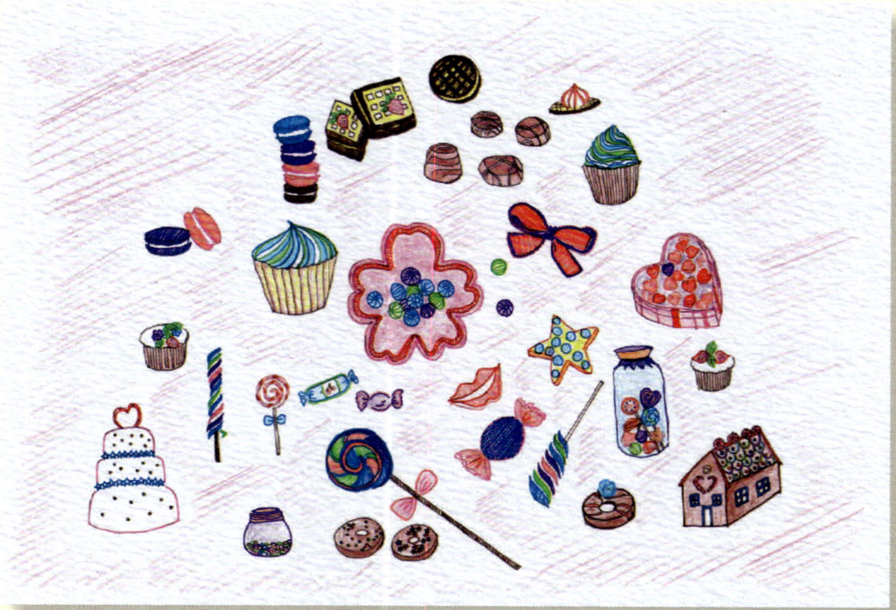

握着它却开始手指颤抖极度心慌，担心身材是否就此走样儿。

舔干净手指，心虚地测个体重，松了口气，其实没怎么样嘛，仍不到百斤体重。

指针前进或后退一格，似乎完全是脚上的靴子长短使然。

就这样开始吃各样糖果，今天作业多、学习压力大应该多吃几颗。

就这样开始渐渐拉开测体重的时间间隔。

某天，恍然间发现体重称指针向前猛冲了几格儿。

于是惊吓中决定与糖果们来个终极告别。

彻底结束与超市、糖果店里包装如礼服般缤纷、彩带似领结般时髦的朋友们的缘分。

下定决心之际，却撞上了Charlotte来英国后的首个生日。

那天我们一起围坐在一个芝士蛋糕四围，给她唱起了生日快乐歌。

别问我的体重那时涨到了多少，怕自己可能一个管不住双手会自动伸出来打人。

这段吃的故事从全脂、半脂和脱脂牛奶开始，但牛奶是无辜的，只因自己留恋其浓厚醇香的品格。

然后渐次与它的挚交好友们握手言和，它们反转了我的体重，也使我至今不敢再碰甜食。

14

导师Robert和Andrew

导师和学生之间跨越种族的情感，在Robert、Andrew和我们身上得以体现。刚到英国，就听有些先到这里学习的"前辈们"说，有的导师会有特别明显的种族倾向。"种族倾向"在英国并不是一个被人避讳的话题。面对这方面不愉快的经历，我们可以将其上升到人类的普遍素质这个高度来理解。无论走到哪里，我们所遇到的人的素质总是有高有低，素质低的人也会在"种族问题"上表现出自己的卑劣。有时在公园散步，会听到几个经过的英国人公然冲我们议论中国人怎样怎样。有次过马路，看到一个英国小女孩从车里探出头，向我们吐出极不友好的几个单词。在这里不可避免地会遇见种族主义者，如何公正地看待不同种族是全人类的共同话题。自强、自尊赢得别人的尊重，这个简单的道理其实可以应对不同种族间和平共处的问题——

Robert和Andrew是我们的硕士生导师。

前者指导实践，后者教授理论。

美国人Robert高高大大，六十多岁，已做了四十几年战地记者。

人生与工作经验同样丰富老道，气质有种看破生死、世事纷争的不羁洒脱。

英国人Andrew短小精悍，却有着拿破仑的倔强孤傲，更像达尔大尼央似乎腰间别着短剑，随时欲与出言不逊者来场决斗。

他以超常的毅力勇气，在非洲贫困地区做HIV调研多年。

他们是UCLAN、也是学生们的骄傲，多希望有一天，我们也可以让他们引以为荣。

初相识，Robert有些看不起中国学生，认为有些人好吃懒做，家里钱大风刮来。

后来他觉得，其实有些学生也知道努力，值得老师费心力好好教导。

Andrew刚开始一直绷着脸不多发一言，慢慢发现他的笑容很温暖、和煦，沁人

心田。

刚开始跟Robert学国际新闻，我完全摸不着头绪。

他对我们客客气气，却有些心底里看不起。

他认为没几个外国学生来这里是真心学习，不过存侥幸心理，想不太费力将一年时间对付过去。

他不知班里我和Fiona都在学习上有些较真儿。

Fiona几乎每篇论文都先送去wiser（论文语法、表达纠错部门）修改，力求完美然后呈递。

而我刚刚从杂志新闻专业"调配"过来，正准备发奋图强努力向上。

之前学校对我说，不好意思啊，你基础课程的英语成绩没考过雅思8分。

这意味着你只能换读国际新闻了，那个专业对语言要求没那么高的。

我说不行啊，什么是国际新闻？在国内我都不能保证每天关注7点新闻。

Robert一开始对我们的态度非常傲慢，上课喜欢给我们放新闻题材电影，然后自娱自乐玩儿重复解、系鞋带游戏。

后来有次播放电影途中，他竟然打瞌睡自己进入了梦乡。

我想不行啊，这样下去我在这里的学习肯定泡汤。

于是我给Robert写邮件义正辞严、原原本本讲了想来UCLAN学习的始末。

我原本想学文学然后回国写小说的，但读不懂古英语莎士比亚，被学校建议换个专业。后来又跟学校申请了杂志新闻，想回国在杂志上继续写小说的。但读完基础课程，却被送来了Green Bank学习国际新闻。

我的经历就是这样，学国际新闻也行啊，我会全力以赴的，但得劳你费神告诉我什么是国际新闻。

我的意思是：我们要写时事新闻、政治新闻吗，还是文化、体育，艺术和经济新闻？

我真的不懂的，但愿意认真学习，况且我们来这里学费真的很贵的，拜托你认真教好我们!

邮件写着写着发现已泪流满面，然后奔到卫生间关起门来放声大哭。

那里是唯一可以尽情宣泄情绪的地方，不然会打扰到别人也会被人误会。

Robert回邮件说，"Betty我了解了，谢谢你的邮件。你喜欢写故事，那就想想作家海明威。他是战地记者，也是诺贝尔文学奖获得者，不是么？文学与国际新闻其实并不相违"。

看着他的回邮，自己又感动得忍不住想哭。

峰回路转，无论什么专业我都要坚持下来。

能有这样的沟通算是个好的开始，新闻这条路才刚刚起步，我们需要互相配合，学生必须有导师的扶持。

有过Robert这样的导师，渐渐地，我的梦想指针也曾向BBC倾斜，然而，最后却戛然而止停在了门外。

15

我的专业——国际新闻

以真诚去沟通，用我们的努力和成绩替自己"说话"，即使稚气也绝不容人小觑。有一天别人会看到我们身上蕴藏的力量。不忘梦想，因为忘了会找不到自己的脊梁——

Grassington小镇的Dickens Festival是我尝试写的第一则新闻。

跟Robert预约了时间，我给他看自己列出的新闻题目清单。

之前他要求我们报道三则新闻，刚接触新闻专业的我有些心慌，究竟哪些新闻可以进入选择范围。

为避免写错，我列了近三十则新闻。

Robert饶有兴趣地看着我说，"你的办法不错"。

但想撒大网捕鱼却也未必过关。

他拿蓝笔将新闻一一筛选，边划横线边问我，这个报道与社会新闻有关？

我瞪大眼睛看着几乎全部题目都被他毙掉，哪有这样的，这样谁还写得出来？

他的目光落在倒数第二个题目关于Grassington小镇上，问，去过这个小镇？

我说，"去过，英国朋友带我去的，去参加Dickens Festival"。

他的眼里开始闪着星星说，"好，你就写这个新闻"。

"其他两则新闻再回去好好想想。"他继续说。

离开他的办公室，我感谢朋友和这个小镇。

更感谢Dickens和小镇上的人们。

那里有很多石砌的房子和一些悠闲的牛羊。

节日的小镇在Dickens的时代中闪光。

每个人都穿着那个年代的服装，虽然现在看起来打扮得有些怪模怪样。

大家唱着歌、跳着舞还高声大气、夸张地表演着情景悲喜剧。

跳蚤市场摆满了新旧各色物品，有些很粗糙也有一些制作精良，有些画片褪色了，有些袜子仍颜色鲜亮。

那一天很愉快，我还和朋友们去听了教堂里的献唱。

三角铁敲击出的乐音有种天堂的美妙和谐，回去后也曾感受到余音绕梁久久不忘。

或许那天之后的小镇会恢复平静安详。

它将节日的欢乐奉献给了那天的自己和所有来这里的访客。

这是我那时写的Grassington和Dickens Festival。

不曾想今天在眼泪中回忆感伤。

16

导师Robert教会我们的

　　每个人的留学经历都会有所不同，但我想，并不是每个人都会在学习过程中经历生离死别。这种生命的无常以及对事业的奉献与热爱，更使我们跨越了不同种族的差异，抵达了人类情感共鸣的彼岸，且久久不能忘怀、平息。但无论怎样的经历，都值得我们好好珍惜。因为我们曾经那么用心去建立的情感桥梁，某天会不期然地在记忆里联接起现在与过往，并对将来产生巨大影响——

　　某个周五，Robert说本周末我去伊斯坦布尔出差。

　　我们猜想可能是照常例，他有采访任务。

　　下课前，我们互道周末愉快。

　　下周一Robert却没有再来。

　　系主任低着头坐在桌前，说Robert以后都不会再教我们。

　　班里听力最差的同学也听懂了她的一连串低语，只是我们谁都不能接受Robert被炸死在伊斯坦布尔的事实。

　　我们只是安安静静度了个周末，只想平平安安读完这个学年。

　　谁能告诉我们，为什么新闻专业恍然变作了戏剧？

　　但喜剧永不启幕，悲剧却频频上演。

　　想呼唤命运，其实我们并没交那么多钱，剧本写作专业很贵很难读的，可不可以换回最初我们的国际新闻。

　　学校准所有人三天假调适心情，我哭后发了烧不像是感冒。

　　再回校，所有人约定般不提从前，却又偶尔实在忍不住提及。

　　新导师Megan与Andrew商谈，这些学生逆反心理已变得日益严重。

Andrew说这样下去可能不行。

我们的论文还在继续，学习压力仍在催逼。

到头来没人会顾及我们的情绪，只看到我们不断下滑的成绩。

有些老师不需要学生涕零感激，因我们会记得他的一点一滴。

想起Robert戴眼镜、穿风衣，经常楼下抽完烟往嘴里塞把糖豆儿，看见我们说，"嘿，你们今天过得怎样"。

我们撇撇嘴却没有嘴角上扬。

Good luck！

他笑一笑走过，似有阵风吹来，长风衣像斗篷般摇弋而过。

那种感染力绝对让人鸡皮疙瘩抖落一地。

你们记得吗？还记得吗？Amy说。

点点头，谁看见我们眼中的泪水滑落。

17

追忆Robert

湖区可以容纳我的喜乐悲伤，而且它是彼得兔的美丽故乡。怀揣对湖畔诗人的向往，我几次来到这个地方。而现在，也需要此处为我疗伤。

给你画幅画儿吧，致Robert，也致我刚刚起飞的记者梦想。

它得以孕育却经历夭折之殇，Megan为挽救它变得有些疯狂。她接连给了我们几个大作业，且半安慰半威胁，要我们仔细考虑如何顺利完成后半个学年之计。

我需要的不仅是三天假期，而是一整个一整个的湖区。

于是开始了在这里的流浪，踏着"华兹华斯们"的脚印，是否心里也能体尝他们曾经的忧伤？

但他们多半写下抒情诗句，如此优美的排遣难免过于浪漫轻扬。

柯勒律治和骚塞也不懂我的忧虑。

所学专业神圣却过于沉重，Robert的死让我们重新看待人生。

他以死的热忱敬自己的事业，它是否能最终还你以不悔的芬芳。

给你画幅画儿吧，致Robert，画里该有湖畔三诗人看过的湖水、天空，以及小时画册里的彼得兔家叔叔。

它吸着你不曾吸过的烟斗，却吐出与你吐过同样形状的烟圈儿。

有次你发邮件说，"Betty，你是否可以另打印一份你的作业？我把你上交的那份搞丢了，十分抱歉"。

当时恰逢放假回国赶往机场之前，我拖着行李箱去你办公室再次递交作业，敲开门你握着糖果往嘴里填了几颗。

你晃着瓶子说，"Betty，这些是水果味的。你要不要也来几个"？

我笑了笑，忽然想，把箱子里的彼得兔玩偶就这样送给你倒也不错。

18

新导师Megan

沟通促进彼此的理解以便于相处融洽，这绝对不是一句空话，至少适用于学生和导师之间的对话。何况不同国家文化背景下的师生关系，双方从一开始就容易互相存在偏见与误区。我们去他们的国家学习，所以慢慢了解了当地文化。而导师如果没到过中国，也就不可能全面、清楚地了解我们和我们的国家。像不认为Robert和Andrew有种族倾向一样，我也不认为Megan是个有种族倾向的人，但或许从一开始，我们和她一样，彼此都存有一些偏见——

Robert去世后，接替他的Megan对我们来说实在是一剂猛药。

身为加拿大人的她彪悍凶猛，性格倔强，学校的男老师都让她三分，性格软弱的同学经她训斥，瘪着嘴几乎都能哭了出来。

她本来负责新闻专业的本科学生，不晓得接手我们这个班对她来说是否也是个不小挑战。

记得跟她的第一次冲突，是她帮我解决电脑的系统问题。

我在她调整电脑过程中问了个问题，她立马翻脸大声说，"你可不可以尊重我，不要干扰我的工作"！

我想，至于么？问的也是个相关问题，你的反应也算是文化差异？

当着全班同学面，我撇撇嘴没说什么，心想：你这样的大声训斥，就算是尊重别人？

然后，在她给我们上课时，我突然站起来走出教室。

五分钟后，我举着刚买的咖啡走了进来。

Megan看看我，没说什么。

你看我没有干扰你上课吧，所以连个招呼也没打。我这么想着挑挑眉坐回原位。

后来Charlotte悄悄跟我说，"Betty你知道自己死定了么，竟敢这么做"。

我笑笑，其实早在心里摸清了Megan的性格。

她是个孩子气的人一定没错，喜欢公开场合冲人呼呼喝喝。

我会想办法哄哄她的，给她买个苹果。

但Robert刚离开我们，她凭什么向我们也来这样的下马威？

此后我跟Megan的冲突也有几次升级。

但最终我们看到了彼此的付出与努力。

我送她一颗苹果，她还我一个merit（分数等级），我们得以讲和。

19

湖区

假期无论长短，去放松身心，同时可以了解英国文化、风土民情。而走过每一个地方的感受与回忆，会独特而又全面地架构起我们心中那个最真实的英伦——

要怎样去回忆湖区，才算给它最好诠释。

是下雨天撑着伞走在小路上的满足，还是在彼得兔书店买到漂亮明信片、贴纸还有书夹的欣喜？

美丽的湖面有优雅的长颈天鹅，虽不曾看到湖边嬉戏的水孩子。

哦，对了，这里有专属于自己的童话，既没有葛林也没有那个爱尔兰姑娘。

看着湖水，我的思想从现实中溜走，直到一只很大的金毛犬把衔着的球放到我手中。

我冲走开的它几次挥了挥手。

远处的山丘我细细走过，落叶、深径和沉静的暮色。

我抚摸过山上围栏里乖乖马儿的鼻子，走近过山顶荒弃的几幢房子。

爸爸电话里说，一个人旅行，还一个人走山路，到底会不会怕？

我说，有什么好怕的，这里可是湖区。

这不是答案却也是最好的答案。

之前想找间 bed & breakfast，和蔼慈祥的英国老太太对我说，"对不起亲爱的，我家已客满"。

挽着我的手臂，她指着不远处的房子说，"你看，我朋友家很不错，也正在出租房间"。

脚步蹒跚的老爷爷费力带我爬上阁楼。

我说，"就租这里了，谢谢你，真的"。

整个房间里只有张大床和搁板上的电视。

但我已满足了，这里可是湖区。

这不是理由却是最好的解释。

其实一个人来此我不需要什么别的，没有寂寞，只有随遇而安的平静快乐。

红色的古董小火车载着我买来的彼得兔玩偶和我。

真想一辈子就这样待着。

20
考试

迫于巨大的留学压力，很多人会得忧郁症、强迫症或焦虑症，或出现气血问题身上起疹子。不吓唬你，只要不是学习上打混，真有可能出现这些病症。所以，我们需要好的调节方式，在学习和休闲方面达到平衡状态。但很不幸，虽然想了办法去调整，但可能仍然过于紧张，所以我变成了这样——

四三二一学会倒数，每个人的人生都需要坚持。

日历被红笔一天天划过，很快会迎来圣诞节的日子。

Fiona是班里最强劲对手，她说自己连夜"拼"论文身上起了很多疹子。

她说，"Betty，你看起来还好，没有怎样"。

我笑笑，心里苦嘴上不讲。

很多人来这里的学费、生活费爹妈辛苦存了半辈子。

为家人、为自己都该拼命努力向前向上。

压力大强迫症日益严重，谁知道我每天重复多少次检查房门。

门落锁没落锁，检查了数次，心里依然极度忐忑。

已经第三次返回宿舍检查房门。

包里借记卡、信用卡一一摸过，想来再确认已经超过五回。

从不敢在厨房里使用明火，若没关整个厨房会被烧掉。

我的留学生涯已太多波折，神经紧绷着快要疯掉。

从前室友太吵闹换的那个ensuite，整幢楼因学生聚会太疯狂经常触动火警。

消防车来了又走，消防员已习惯了这种周末常规。

虽没有室友再来撞我的房门，却曾有醉酒学生直接踹开公寓大门。

Life sometimes is like the muds at the bottom of pools,
the peaceful surface buries a good many of poos.
Honey is on the tip of a knife,
Who dare to lop is the most of brave.

Life sometimes is like the muds at the bottom of pools,
Even though everybody desires the red red rose.
The clear lade shades the darkest moods,
You can feel it when you close your eyes.

But life is always like a pool,
gold shines on it when sunlight splits.
White clouds relieve your rainy face,
the serenity peace intervenes when your heart is close.

若不是隔壁间Mary凶猛大喝一声hey，我和来宿舍拜访的Charlotte已准备提刀躲在房门后自卫。

为节省做饭时间，开始用电饭锅进行杂烩，西兰花、胡萝卜、白蘑菇再加肉酱。

每天吃，每月吃，从不换样儿。

周日切好了存成均等七份，生活看起来似乎就有了保障。

四三二一学会倒数，救命的圣诞假期即将来临。

21

我最好的朋友

留学生涯里，我们都没办法单打独斗，所以我们需要帮助，需要朋友。而有些人，他们也会在异国他乡成为情侣。爱情故事总是美丽的，无论发生在哪里。但会不会因为需要别人的帮助，而模糊了友情与爱情的界线。无论在何种情况下，我们都要看清楚以及诚实对待自己的内心——

于昊打来电话说，今天是个特别日子，我们可否见面。

我猜说，是你的生日还是某个大论文已过？

你说，"Betty，我还是不太懂你的幽默"。又说，"你记得自己的生日为何非要反说"。

我握着手机开始有些紧张，一个弄不好你跟我表白了那该如何？

我说，"如果你的论文过了祝贺你！但我的才刚刚动笔，结果怎样仍有待仔细琢磨"。

你在手机那边开始沉默。

我有些着急说，"论文很赶，不如以后再说"。

就这样你终于挂断了手机。

我松了口气，忍不住开始在心里回忆。

我们是朋友的确没错，你帮我修电脑、搬家换宿舍，课堂汇报前纠正语音。

为表示感激，我请你吃火锅、西餐以及日料。

但我们是朋友的确没错，那种朋友间相处的舒适与简单的喜欢无法升级。

淑玲说，于昊不错啊，不妨考虑看看。

其实我知道爱情该有的样子，Charlotte看他的眼神简直可以写诗。

淑玲摇头说，"我不懂你们几个，追赶跑逃看起来复杂热闹，但感情最终会被两个相爱的人套牢"。

我不再找你修电脑，装杀毒软件，弄防火墙。

即使电脑"白痴"的我，明天交作业PPT亟需加载动态画面，熬到再晚也不给你打电话救急。

我们应该保持彼此的安全距离。

相信有一天Charlotte会得到你的告白气球。

她看你的眼神摹画出爱情的样子，你们的人生或许会是一首美丽长诗。

22

公园里的樱花树

Avenham and Miller Park里有一株很大的樱花树。

站在树下可以感受到它枝叶摇摆的"雪落时分"。

粉色的樱花细碎而落，并没有漫天飞舞的缤纷。

它不像青岛的樱花树排排而立，只是孑然独自站在风里。

但我知道它并不孤单，因为有我去那里捡拾花瓣。

夹在厚字典里慢慢封干，然后仔细一片片制成书签。

它比青岛中山公园里的任何一棵樱花树都高大一些，虽没有它们那般亭亭而立。

它在一年四季里任意舒展，也不会有谁刻意去那里等待花期。

它也并不像日本樱花那样可以画出唯美的《四月物语》。

但也自有它一年中的繁华与颓败，有如自由呼吸。

直到现在，我还能记得它的一树粉白娟丽。

我忍不住告诉Charlotte它的存在。

Charlotte笑笑说，那里樱花飞舞时很适合男女告白。

我想她也许心里正在想着某一个人。

我想说，知道吗？Avenham and Miller Park里还有几株高大魁梧的橡树。于昊曾说，秋天经过那里时，他被掉落的橡实击中了脑袋。

想了想，我还是把这句话咽回肚里。

我知道于昊也很喜欢在公园里散步，这不需要他对我说。

我告诉Charlotte，或许哪天可以去找找那几株橡树，现在的季节里会有满地掉落的橡实。

一次找不到就多去几回，它们不会跑的，一定会在原地等你去捡拾，并等你美美

地摆许多个pose拍照。

不是想送于昊个手作礼物吗？你又喜欢彩绘。

Charlotte听我说着渐渐眯起笑眼，我似乎看到那条已经完成了的橡实手串。

23

我的英国朋友Paul和Janice

很多中国学生去国外学习，最先向他们敞开大门、伸出友谊之手的是当地的基督徒和教会。Paul和Janice谈起他们想在家里设立一个Christian Group的初衷，就是因为Paul在一个圣诞节之际，看到有些中国留学生仍然待在图书馆里学习。他希望在这个英国的家庭日，也能让中国学生体会到家的温暖和上帝的爱。

Paul和Janice是我的朋友。

Paul跟我谈人生，Janice教我做美食。

为我换宿舍一事，他们昼夜祈祷。

在很多人眼里，他们是世上最帅气的老伯伯与最优雅的老婆婆。

Paul有严重的关节炎，但他说，"Betty，我每天都感恩自己的生活，虽然有时无法站立，坐在屋里上帝也带给我花园的气息"。

沙发旁的小桌上摆着Janice亲手采摘的花朵与水果。

现在她正在厨房里唱着歌洗锅。

Janice的汤里盛满了快乐。

她说，Jane不吃鸡肉，我给她烤鱼。

Charlotte和Lulu快来了，沙拉很快可以上桌。

Paul和Janice是我们最好的朋友。

圣诞节前夜，他们给予我们家人般的陪伴，并与我们分享人生真谛。

他们说，中国学生是珍贵的客人，感谢上帝带你们来这里生活。

平安夜我们一起祈祷，彼此祝福，感恩这奇妙的汇合。

24

圣诞节

春节是中国人家庭团聚的节日，而圣诞节是英国人的family day。受英国当地节日氛围的感染，很多中国学生希望在这一天能回到亲人身边，向他们讲述心中的思念。如果在这一天能受邀参加一个英国家庭的聚会，那会是体验英国人情感与文化的最佳时机。

在英国，圣诞节是家人团聚的日子。

每个人似乎都在心里盼望浪漫温馨的雪落时刻。

看雪绒花漫天飞舞，圣诞节没有遗憾了，给一百分。

为自己买一份圣诞礼物，猜它是首饰？是围巾？还是本书？

市中心有一间教堂书店，在那里买了钥匙上的水晶挂饰和挂着彩色玻璃坠子的书签。

不远处书架上有一本粉红皮面的《圣经》。

想起朋友快结婚了，这会是最好祝福。

这个圣诞我在异国他乡，可心里暖融融，没有孤独忧伤。

家人、朋友的脸在心里一一映现。

包装纸、彩带裹好挂饰、书签，它们会代我同家人、朋友们见面。

Merry Christmas，我对自己说，并仰起脸来看天。

晶亮雪片是上帝送我的最好礼物。

我看到了，它真切就在鼻翼、眼角、眉边。

路上行人不由放慢了脚步，开始抛却冷漠，露出笑脸。

Merry Christmas，阳光不在，但今天也是个好天。

真美啊，不是么？有个声音响起。

身边有个孩子伸出手仰起笑脸。

哦，对啊。他的妈妈收好手机。

Merry Christmas，她说着捏捏他的小脸，表情也有些淘气。

整个小镇像在水晶球里，变得晶盈剔透。

圣诞节下雪就在眼前，它是这一天的最美画面。

25

勃朗特三姐妹的故乡

　　圣诞节假期的旅行，再去走走看看，舒缓一下身心吧。但这次的旅行，跟以往相比有些不同。在去英国或别的国家之前，我们会根据自己以往的了解，对这个国家的某些地方有很多憧憬。潜意识里，我们对这些地方的憧憬也逐渐组成了对这个国家的印象。能亲自去揭示幻想与现实之间的秘密距离，也是人生的一种幸福吧。而从小就喜欢读勃朗特三姐妹作品的我，就这样来到梦里的那个地方——

　　勃朗特三姐妹的作品里，我最喜欢《呼啸山庄》。

　　迷离的荒原牵引我来到Keighley小镇。

　　从那里转车抵达一条蜿蜒斜坡，司机说，到了，可以下车。

　　迷惑看看左右，我说，真的？

　　这个小小镇似乎只有这一条斜坡。

　　沿路而上有一些小店，咖啡店、面包店以及布艺手作店。

　　心里没说完几个喜欢已经走完斜坡，坡顶上是一家客栈和一座教堂。

　　心里怦怦直跳，难道它就是那个教堂？

　　奔过去逮住人就问，勃朗特三姐妹的家可在附近？

　　路人笑笑，指了指那座教堂，她们的家就在小教堂后面。

　　她们的父亲曾在这里供职。

　　猜得没错！我到了，终于到了！

　　从童年走到这里，时间带走了许多荒芜。

　　世上奇妙的事情很多，其中一件就是十几年后从书中走入了现实。

　　她们的家已变作一间小小博物馆供人参观。

不敢相信安妮的针线活就在眼前！

脑海中浮现出她们倚窗而坐，脚边可还蹲伏着一只小猫？

几乎整个下午都在她们的家中流连。

晚上栖身于附近的那间客栈。

枕边是一本《呼啸山庄》，隔壁住宅里的艾米莉将它写就。

日落前去看了看那个荒原，它依然光秃秃、孤零零，那么桀骜不驯。

坐在客栈窗边，我吃完小店打烊时老板娘为我加做的那个蔬菜三明治，舔完手指再次确认它是世上美味珍馐且独一无二，只属于自己的这个美好的傍晚时分。

影响她打烊了，但老板娘丝毫没不耐烦，细心地用白纸包好那个新做、微温的当天最后的三明治，递了过来。

我再三道谢说，耽误你关门了，不好意思。

窗户像个画框，圈住夕阳映照下山丘上马儿悠然漫步的美丽画面。

躺在床上就这样看着窗外夜幕降临。

想着也许梦里才会回到现实。

艾米莉就在隔壁住宅里写作，而我已然清楚她写的每个句子。

百年后的"呼啸山庄"依然在风中飘摇，而我打开窗户就能闻到那时泥土的强烈芳香。

26

"伦敦眼"

　　一个国家的地标建筑，英国的，在你心里会是什么？对于我来说，就是那座电视、电影里的"伦敦眼"。去英国，从某个角度来说，就是想马不停蹄、不辞辛苦地马上奔向它吧！

　　那是很久很久以前，关于第一次亲眼看到"伦敦眼"的记忆。

　　那天早上不到六点出门，披星戴月。

　　麦兜要去马尔代夫看水蓝沙白，打电话给朋友絮絮叨叨，这一天似乎半辈子等来。

　　去看伦敦眼之前，我也反复向朋友们确认，应该从滑铁卢车站下车的，对吧、没错吧？应该是这样的。我记得你说。

　　朋友们向我眨眨眼，来英国不过一个星期，英语够用吗？可别听不清楚下错了车站。

　　又说，不然你找个同伴吧，可以互相帮忙。

　　我摇摇头，就这样自信与忐忑参半地上路。

　　一定要一个人亲眼去看看电视里看到的那个"伦敦眼"，一个人细细体会眼见为实的激动与心潮澎湃。

　　就这样我坐了几个小时的火车，来到伦敦。

　　出了车站，我抓住看到的第一个路人大声问，请问"伦敦眼"该怎么走啊？按捺不住心里满满的忐忑与兴奋。

　　她看看我，笑着说，抬起头来啊，它就在你眼前，不需要寻找。

　　我"啊"的一声，引起了她的爽朗大笑。

　　今天愉快哦，她快乐地冲我挥手离开。

　　"伦敦眼"此刻就在眼前，它从我的脑袋里活生生蹦出来，立在微凉的空气中，一再确认我的记忆。

27

毕业前的大论文

开始写大论文了，这篇大论文的到来意味着一年的硕士研究生生涯接近尾声。之前大大小小的论文都是在为这篇大论文做铺垫以及热身练习。它最能体现一个学生的真正实力以及一年来的学习成果，基本都是两三万字，需要做最多、最充分的准备，完成的时间也最长。谁都不想辛苦努力了一年，最后却"死"在了这篇大论文上。况且它也在这一年之为，最大程度地决定了我们的学习等级，能不能拿到merit。

Jack是Megan从某名校请来的老师。

他会协助Megan辅导我们最后的大作业。

并非Megan的实力不够，而是为恢复我们失去Robert后的信心。

据说Jack也是位资深记者，但性情有些散漫却自认为洒脱。

Megan让他负责指导我们的论文。他却经常早上迟到，不解释原因。

Megan性格彪悍，是女中巾帼，紧盯着Jack实施"打压"。

可怜的Jack经常额头冒汗，像个闯祸的孩子。

Megan说，他们新闻题目这样报上来，写出来能过？能不能工作认真点儿体现素养？还是认为不是自己的学生可以就此马虎？

这一次，我们对Megan心生敬佩，虽然前几次她一再向我们施威。

她说，不发邮件预约不要去见她。

还说，论文截止日期迟一分钟也算没交过。

她似乎故意招恨。谁能还我们想念的Robert？

但后来她的认真让我们刷新印象，学年快结束了才终于看清楚彼此的模样。

Robert、Andrew和Megan都是很棒的老师。

彼此了解得不够才会心怀芥蒂。

他们陪我们走过这一年岁月，回忆里愿不再有争吵、分歧，只留有学术探讨。

感谢你们包容我的幼稚、犀利，时间把你们嵌在我日子中熠熠闪亮。

28

健康出了问题

孤身在外，不可以缺少的东西很多，却绝不能生病。甚至一个小感冒也可能在关键时刻把我们狠狠撂倒。所以，无论如何，请一定要保证身心健康——

一个人待在异国他乡，最可怕的就是生病。

完成大论文后的某个下午，我沐着和煦阳光去了超市。

买完东西想起来何不就近逛逛。就这样在商场里兜了几趟，买了个淡紫色背包以及挂饰。

回宿舍觉得腰有些疼，却没当回事，决定躺一会儿洗个澡再读会儿书。

就这样醒来时，蓦然发现腰伤复发了，竟起不了床。

所幸超市买来的面包和牛奶就在几步之遥的桌上。

我小心翼翼试着侧转身慢慢蹭着下床。

好几次疼得眼泪流出来，骂声不止。

心想就这样死在这里既不悲壮也不光荣，真有点可笑。

我知道这样的伤最难养好，人生很幽默，我刚好买了面包。

窗外的天阴了一周再加两天，看样子应该还会持续一段时间。慢慢地，我学会了观察天色。

躺在床上连翻身都难，那是比天色更阴郁黯淡的日子。

经常满脑子想的是会不会客死异乡，换个方式想的是一定要落叶归根。

养伤的一个月像是熬完了一辈子。

面包吃完了，央求对面室友替我去趟超市。

Charlotte和于昊几个人去了希腊度假，他们在过好生活不忍打扰。

外面的天色亮了亮，再黯淡，更加黯然。这里冬天的阳光原本稀少，无法苛求乞望。

我知道腰伤迟早会养好，只是心里的凄惶渗透了冬天的无尽阴鸷，不再明亮。

此后一个人生活时难免会想，无论流浪多久都要回到故乡。

29
在英国的那些朋友们（1）

有些人和事，回头再看，像一面镜子，照见了那时的自己和那段时间。如果你去了那里，会变成怎样的人？是变得出乎意料，还是还原了本来模样？有人会觉得你因为这段经历而改变了。对此想做个比较抽象的回答：要变的人迟早会变，不变的人始终未变——

总想着如果有时间，一定要好好"盘点"一下我在英国的中国朋友。

每次回国都觉得自己改变了颜色，似乎撤掉了在英国的那层保护色，还原了本色。

其实保护色与本色互相调和，反映出每个人最原始的色泽。

环境会改变一个人，也会还原一个人，但无论如何，你永远都是你，这或许就是生活的真谛。

第一次见Jane时，她穿着朴素，戴着框架眼镜。

离开英国时她保持着最初模样，但不再与人争抢，学会了隐藏。

她的成绩不太好，学习上有赖别人，所以她学会了让步，但内心其实仍很好强。

小组作业时她总是一言不发，完全按照组长的指示执行。

跟她一起去旅行，她却会事先做好详细攻略，每一步都要按照她的"地图"踏出，否则她绝不让步。

甚至七点门口集合时，她比别人早跨出房门几秒，也会让她得意洋洋。

似乎学习上的挫折，让她变得有些性情乖张。

Michele是曼彻斯特大学的高材生，漂亮优雅并且气质绝佳。

我与她在Paul和Janice的Christian group相识。

她与未婚夫英国人Leo是令人羡慕的一对。

来普雷斯顿为找Paul和Janice帮忙出具结婚证明，她借住了我的宿舍几天。

別人眼中的Michele有些强势，扑闪着大眼睛，又流露出几分无辜之姿。

入睡前洗漱时，她跟我借卸妆水和保养乳液。

我说没有那个，卫生间洗漱台只有洗面奶、洗发水加一把梳子。

她看我的眼神像瞪着个怪物，其实我真的是个"保养白痴"。

她拿我的洗面奶卸了妆，勉强冲了个澡，还原了本来模样。

眼前的她相貌平平，没有了大眼睛、长睫毛，连声音都被带走了白天里的强势。

夜里我们挤在不足queen size的床上合用一张被子。

可怕的是，晚上参加聚餐时，我们吃了正餐、饭后甜点和一些小吃。

就这样，我们开始在被子里极不淑女地接连打嗝放屁。

几乎迷糊了整晚，因为Michele打呼噜也是一绝。

像猫又不像小猫，竟像只老虎猫。

想想她白天与Leo站在一起男才女貌的模样，渐渐带着微笑沉入梦乡。

早上起床时，Michele已经恢复了那个我既熟悉又已经不熟悉了的光鲜模样。

30

在英国的那些朋友们（2）

我与Emily在Robert的缅思会上相识，其时她正在Uclan就读本科。

后来我们相约一起喝咖啡，她告诉了我她的故事。

她与一个英国人Mark已经同居多时。

我已经不再诧异英国留学生里会发生这样的故事。

Mark目前没有工作。五十岁的他仍在打季节工，正处歇业之时。

我掩饰着心里的惊讶，问他俩怎样认识。

她承租了Mark之前租住的房子，在Mark正准备打包行李时与他相识。

后来的故事让人听起来觉得Mark是个骗子。见过两三次面，两人就达成了同居合租的共识。

我委婉问Emily，喜欢他的品质、学识还是有更多生活常识？

Emily说他的年纪大她一倍，每天生活都像他在对她普及经验知识。

我问，就这样，只是这样，足以架构爱情还是怎样？

Emily看着我说，父母已经因为此事下了"追杀令"，只待执行。

但她没法跟他分开，怕承受失恋之痛，并且留恋Mark的个人魅力。

她给我看Mark的背面裸照，说他是自由加自然主义。

后来我亲眼看到了她的Mark，身高不过一米六几。

有些佝偻的身形让人看着生出很多复杂感受，心情很久难以平息。

淑玲在英国读博，其时三十五六岁的年纪。出国前，她在国务院的一个下属部门工作，也算拿着相当不错的工资。

我们早已见惯不惊，身边除了有钱人家的子女，还有很多父母是清华、北大教授的孩子。

更何况Ruth家的儿子正逢剑桥毕业，没找到合适工作，在家待业。

而Robert也是BBC出身的知名记者。

强大背景并不代表我们会一路顺遂。

人生总是起起落落，有时辉煌可以掩盖平庸，有时平淡又遮挡了威武。

淑玲很喜欢唠叨，这一点体现着北京人的"话痨"。

但她很可爱、活泼，很善于社交。

她的身边总是围绕着很多人，很多欢笑。

读博的过程中，她遭遇很多坎坷波折。因各种原因导师换了几拨，研究课题进展却从未顺利。

有次还不小心从楼梯上摔下来，脚上打了石膏，拄起了双拐。

跟淑玲一个办公室的黑人女同学是个"同志"。

每次淑玲出门，她都暧昧且极度关切地问淑玲几时回来。

淑玲的乐观值得每一个人学习，她在讲这些事时也只是一笑置之。

她说了不少，但笑得更多，这或许就是她的过人之处吧。她懂得如何善待心情，珍惜每一个苦中作乐的日子。

如果你想知道自己会成为怎样的人，那就请来英国。

如果你想知道自己究竟是个怎样的人，也请来英国。

这一篇写给我的朋友们，也给英国打个广告。

曾经我们都在不舍中怀念过可能最好的自己，也向可能更好的那个自己怀着期待踮脚张望。

31

最后写给自己

回想在英国的很多经历，虽是悲喜剧，底色却不是忧伤的灰色。

红色是火般圣诞花吐艳。

橙色是去湖区登山前买的第一件防雨格子风衣。

黄色是满满的Greggs香肠卷儿飘香。

绿色是关于Avenham and Miller Park里树的记忆。

青色是淡淡湖水中映着天鹅。

蓝色是英国天空涂满了颜色。

紫色是暮霭最后写下的诗歌。

愿岁月经年带走那些伤害，再回首常常有感恩在怀。

关于英国的故事还有很多，以后再细细整理吧，暂且于脑海中封存。

愿所有眼泪使心更清澈，致心中隽永的再忆英伦。

图书在版编目（CIP）数据

英伦手记：落在记忆里的星星/ 杨晓光著. — 青岛：中国海洋大学出版社, 2020.12

ISBN 978-7-5670-2703-9

Ⅰ.①英… Ⅱ.①杨… Ⅲ.①散文诗—诗集—中国—当代 Ⅳ.①I227.6

中国版本图书馆CIP数据核字(2020)第254242号

书　　名	英伦手记
	YINGLUN SHOUJI
出版发行	中国海洋大学出版社
社　　址	青岛市香港东路23号　　邮政编码　266071
出 版 人	杨立敏
网　　址	http://pub.ouc.edu.cn
电子信箱	oucpublishwx@163.com
订购电话	0532-82032573（传真）
责任编辑	王　晓
电　　话	0532-85901092
装帧设计	祝玉华
照　　排	光合时代
印　　制	青岛海蓝印刷有限责任公司
版　　次	2020年12月第1版
印　　次	2020年12月第1次印刷
成品尺寸	188mm×216mm
印　　张	6
字　　数	100千
印　　数	1-3000
定　　价	45.00元

发现印装质量问题，请致电13335059885，由印刷厂负责调换。